날마다 별꿈

황금알 시인선 294

날마다 별꿈

초판발행일 | 2024년 7월 31일

지은이 | 이남섭
펴낸곳 | 도서출판 황금알
펴낸이 | 金永馥
주간 | 김영탁
편집실장 | 조경숙
표지디자인 | 칼라박스
주소 | 03088 서울시 종로구 이화장2길 29-3, 104호(동숭동)
전화 | 02)2275-9171
팩스 | 02)2275-9172
이메일 | tibet21@hanmail.net
홈페이지 | http://goldegg21.com
출판등록 | 2003년 03월 26일(제300-2003-230호)

ISBN 979-11-6815-083-6-03810

*이 책은 전남문화관광재단에서 출판비 일부를 지원받았습니다.

날마다 별꿈

이남섭 시집

황금알

고향의 강을 품고 사는 나는
세상에서 가장 큰 부자입니다.
흐린 날에도 새싹을 생각하며,
겨울 들판에도 파란 하늘을 생각합니다.
유년 시절 어머니께서 설빔 만드시느라
호롱불 아래 밤새워 재봉틀 돌리실 때
나는 곁에서 소월의『진달래꽃』을 읽었습니다.
재봉틀로 박은 시를 입는 밤이면
나도 한 땀 한 땀 시를 깁고 싶었습니다.
사랑하는 가족과 인연 있는 모든 분께
감사 말씀 올립니다.

2024년 여름
달빛 머문 월백당 뜨락에서 은강

차 례

1부 첫 마음

3부 돌아오지 않는 강

4부 김소월과 재봉틀

5부 나비

1부

첫 마음

첫 마음

새해 첫날 떠오른 태양은 자신이 어제와
다르다는 것을 알고 있을까?
나는 새해 첫날 조계산 무소유길에 오른다.
바람 소리 물소리에 마음 싣다 보면, 우리의 삶
어디쯤 와 있는지 알 것 같다.
오늘의 태양이 어제와 다르지 않다는 걸
새해 첫 마음은 어제와 다르지 않다는 걸.

가내의 봄

가내 달 정원은 해마다 두 번의
봄을 맞는다.

연둣빛 잎이 되돌아오는 사월은 큰 봄
갈잎이 꽃이 되는 시월은 작은 봄이다.

우리 사랑 어디쯤 흔들리고 있을 때
푸릇한 앞가슴 내어주던 산골 봄날.

두 번의 봄날 얼마나 사랑했던가
내 돌아가리라, 일월성수日月星宿 살아 숨 쉬는
고향 가내의 봄.

당산나무

당신의 그늘은
가을빛 등지고 누군가 먼 길 떠나는 날에도
어린 서재필이 원님 부채 얻어 노래했을 때도
손뼉 치던 수령 520살 눈물 많던 당산나무.

어린 것들이 당신의 높은 등에 올라타서
꽃이 되겠다는 맹세 할 때,
푸른 산 푸른 물, 말 없이
두 팔 안고 쥐여주던 큰 나무 할아버지
귀 기울여보자
그리운 임의 목소리
나직이 들려온다.

월백당 연가 月白堂戀歌

淸風竹下來(청풍죽하래) 맑은 바람 부는 대숲 아래

一仙見此色(일선견차색) 하루 놀면서 이 빛깔을 보고

二仙聞此聲(이선문차성) 이틀 지내면서 이 소리 듣고 있으면

悟知此理世(오지차이세) 나 스스로 이 이치 알 수 있으니

陋屋此佳處(누옥차가처) 집은 비록 누옥이지만 처소는 아름답다.

찔레꽃

5월 꽃바람 속에
꿈결처럼 피어난 찔레꽃
만행 떠난 아버지 기다리는
어머니 같다.

꽃씨 하나 뿌려놓고
가진 것 다 주어도 허기진 사랑 길섶에
하얀 불꽃으로 피어난다.

가슴에 박힌 가시 하나 사랑이었음을
알아가는 나이
당신의 향기처럼 내 목숨 닮게 하소서.

불두화佛頭花

오월이 오면
고향 집 울타리에 마실 온 달빛처럼
환하게 불 밝힌 불두화佛頭花.

부처님 머리를 똑 닮았다는 꽃송이
잃어버린 시간을 찾아와서
오래된 미래로 떠나는 여행자 같다.

하얀 꽃송이 쌀밥으로 보였던 보릿고개
어머니는 날 데리고 천자암 부처님 뵈러 갔다.

불두화 피는 고향 집 구석구석이 도량이다.
좀드리쌀 한 고봉 털어 절집으로 간다.

모란 사원

온갖 꽃 둘러있는 뜨락
생긋 웃으며 모란이 피어났다.
할아버지께서 심고 가꾸셨다는 모란
마치 할아버지 절의節義 닮은 듯하다.

윤기 도는 자줏빛 푸른 잎 향기
붉은 모란이 피기까지 왜 봄을 찬란한 슬픔
이라고 영랑은 말을 했을까?
푸른 달빛 아래 모란꽃 옆에서 함께 슬픔 나눈다.

동백 사원

누대로 내려온 월백당
할아버지 씨 뿌리고 가꾸어온 붉은 동백나무
후손처럼 줄지어 서 있다.
수십 년 변방 떠돌다 고향으로 돌아온 나를
불을 켜며 용서하고 받아주는 곳.

세상 후미진 곳 별이 빛나는 밤
차가운 달빛 아래 새하얀 눈밭에 뚝뚝 흘리는
붉은 꽃의 눈물, 모두가 덧없는 세상이라 하지만
오늘은 좀 추운 사랑도 좋아.*

* 문정희 시인 시집 제목에서 인용

사월 봄비

사월에 내린 봄비는 신비롭다.
혹독한 겨울을 이겨낸 나무 촉촉하게
적시며 생명을 끌어 올린다.

청명과 곡우 사이에 내린 봄비
누구에게나 아무 때나 몸을 풀지 않는다.
예기치 못한 사랑 다가오듯 그렇게 온다.

오월 축제

오월 묵묵히 견디어야 했던 삶의 무게
세상은 고달파도 사람들은 가보지 않는
피안의 세계를 잠시 꿈꾼다.

오월이 되면 누구나 부처가 된다는데
왜 까닭 모를 슬픔인가? 어린이날
어버이날, 스승의날 5월 달력을 축제로 적신다.

유월 장미

유월의 아침은 짙푸른 색깔
목덜미가 긴 여인의 목에 걸린 옥 목걸이처럼
반짝이네요

유월은 장미의 계절
수정처럼 맑지만 가슴을 찌르는 가시도 있고
아름답다는 것은 가끔은 어리석다는 거죠.

붉은 입술 날카로운 첫 키스처럼
장미는 때로는 눈물방울이 되지요
시간이 지날수록 장미 알 수 없어요.

칠월 아침 햇살

지루한 긴 장마가 끝난 산촌 아침
색채는 현란하다.
비바람에 나무는 찢기고 부러졌지만
어정칠월 아침 햇살 눈이 부셔라.

흔들리지 않고 버티어온 걸음
내가 그러하듯 나무들 또한 그리하였으리라.
고통을 견디어온 사랑이 아름답듯
내가 당신을 좋아하는지 아침 햇살은 아는 것 같다.

2부

나의 슬픔을 알고 싶다

좋은 날은 아직 오지 않았다

초승달은 내게 언제나 꿈이다.
히말라야 만년설 위에서 바라보고픈 저 달
질풍노도疾風怒濤 청춘부터 가슴에 품었다.
철없던 벗들 모임 명칭도 초승달이었다.

만월을 기다리는 나는 초승달
좋은 날은 아직 오지 않았다.
지금도 미생未生이라는 이름 달고 살지만
날마다 별이 되는 꿈 꿈꾸며 산다.

사월의 목덜미

사월에 내린 비는
목덜미가 가늘고 긴 모딜리아니의 여인처럼 내린다.

드러나는 그녀의 하얀 잇바디 꽃니가 이파리 물듯
이 온다.

인적 없는 마을 어느 기웃한 뒤란의 저물녘쯤이겠
다. 허리 구부정한 감나무 아래 떨어지는 빗물을 감또
개처럼 세고 있는 아이.
처마 끝으로 내민 손끝에서 빗물은 이내 지문이 된
다.

오래전 그 비가 아직 내 몸속으로 내리는가.
손끝마다 파문을 그리고 있는가. 종일 따라오는 빗
소리에 문득
멈춘 사월의 긴 목덜미.

차茶 마시기 좋은 날

는개 내리는 날, 한가로이
월백당에서 차를 우린다.
짜고 맵고 쓴 시간 다관 하나에 담아
향을 우려내는 여백.

일찍이 이 맛을 알 수 있었다면.
머뭇거리다 당신을 스치는 일 없었을 것을
마음으로 스며드는 는개 속에
성성적적 차향이 어우러진다.

啜茶 - 原詩 日峰 李教文
— 차를 마시며, 日峰 李教文 고조부님을 기리다

百艸誰如嘗我茶 세상 풀잎 중에 무엇이 나의 차와 맛이 같을까

鍊修妙法此無加 정교하게 차 만드는 묘법보다 더 나을 수는 없지

引年長飲登仙籍 오래 마시면 장수하며 신선이 될 수도 있어

活火新烹護胃家 불을 살려 막 끓여낸 차는 내 속을 보호하네.

鶴避細烟還怪事 적은 연기도 학은 피해 가듯 세상 번뇌 흘려보내고

龍團千片足生涯 용단환 천 개쯤이면 한평생 만족한다오.

胸中多少難平事 내 마음의 걱정거리 털어내기 어렵지만

一椀消磨二椀佳 차 한 잔에 근심 모두 사라지고 두 잔에 한평생이 더없이 행복하여라.

천상재 川上齋

망일봉 자락 가내[可川] 물가에
봉황이 나는 듯 우뚝 선 학당 천상재
깊은 산골짝 연하煙霞 가득하여
옛 선비 은둔 유업遺業 이어왔던 집.

"이 고장 산수가 뛰어난 곳은 아니로되
아름다운 풍경은 그림에 담을만하다"*는
이름 높은 선비도 부지런하게 오갔던 천상재**
오동잎 지는 가을날 마지막 선비가 찾아온다.

* 구한말 3대 문장가 매천 황현 선생 「가내발(可川發)」 시에서 인용
**서재필 외조부 가은공 이기대가 후진양성 위해서 만권의 책을 모아서
   설립한 3학당 이름

시절 인연

삼짇날 무심코 초승달 바라보다
생각나는 사람이 있었다.
왜 강남 갔던 제비는 다시 돌아오는데
한번 떠난 사람은 돌아올 수 없는 것일까?

사람과 사람이 서로 그리워하는 것은
서로 닿을 듯 말 듯 두 사람의 간격 사이
사랑할 수 없는 사랑은 사랑이 아닐까?
문신처럼 새겨진 당신의 그림자 아직 남아 있다.

애가哀歌

어린 소년은 보았네. 동산의
수십 그루 노송과 늙은 전나무 잘리고
솔바람 타고 도회지로 떠난 친구들.

장년이 된 소년은 다시 보았네.
굽이굽이 풍요롭던 보성강의 땜
어린 은어 떼 강물을 떠나네.

지난날 마음 깊이 사랑했던 것들
유성처럼 말없이 떠나갔다.
누가 돌려줄 수 있으랴! 그 아득한 그리움.

종심從心

칠십 년 넘게 이 땅에 살아오면서
인연을 맺었던 사람들 꿈에 자주 찾아온다.
모두가 가식 없는 온유한 얼굴이다.

무엇 때문에 바삐 살아야 하는지도 모르고
바쁘게 살아온 날들, 세상에 태어나
세상을 위해 크게 이롭게 한 바는 없지만,
세상에 너를 만나 행복했다던 친구
나도 친구가 있어서 행복하다 친구여!

너를 얼마나 사랑했는지 그 누구도 알지 못한다.

백아절현

"요즈음은 괜찮아?"
지음知音으로부터 문자를 받았다.
"응 요즈음 그냥 좀 바빠서."
"이 세상에 태어나 은촌을 만나 행복했다."라는
문자를 얼마 후 다시 받았다.

예감이 좋지 않아서 며칠 후 고향 마을
함께 가기로 약속했다.
바로 다음 날 백아절현伯牙絕絃* 황망한
부고訃告를 받았다.
"나에게 묻는다. 너 어떻게 살 거냐고."

* 백아절현(伯牙絕絃) 벗 종자기가 죽자 백아가 거문고 줄을 끊었다는
  고사성어

34

나의 슬픔을 알고 싶다

갈대숲이 있는 강 언덕엔 슬픔이 모여 산다.
저 갈대의 순정은 누구의 노래일까?
박일남 아니면 반 고흐.

슬픔은 영원히 남는 거야
반 고흐가 생애 마지막 동생 태오에게 남긴 말.

"나는 슬프지 않아요." 시집을 읽어본다.
나의 슬픔이 무엇인지 알고 싶다.

새벽안개

사랑 때문에 새벽안개 자욱한 먼 길을
떠나본 적이 있는가?

내 사랑! 긴 세월 새벽안개 속에
늙은 감나무가 되어 묵묵하게 서 있다.

새벽안개가 아름다운 것은
보이지 않는 슬픔 감싸며 숨어 살기 때문이다.

묵상

새벽 비단 안개 마을로 와 진을 친다.
산벚꽃 숨은 숲은 가부좌로 묵상 중이다.
깊은 산 흐르는 물소리 산새 소리
참선參禪 삼매경三昧境에 빠져든다.

나의 첫사랑은 짝사랑에 불과했다

라일락꽃 필 무렵
서정춘 시인께서 손글씨로 만든
이인 시집二人詩集을 보내 왔다.

서정춘 첫사랑과 이남섭 짝사랑
시 두 편
세상에서 가장 작은 시집이다.

나의 첫사랑은 짝사랑에 불과했지만
한때 두 단어는 화산처럼 힘차게 분출된
불이不二 사랑이었다.

3부

돌아오지 않는 강

돌아오지 않는 강

누가 저 주암호를 불러 모아
숨소리 멈춰버린 보성강 다시 숨 쉬게 할 수 있을
까?
누가 저 강물 흐르지 못하게 막고 섰는가.

어디선가 들려오는 노래 스와니강*

이젠 어떤 질문도 하지 마세요.
돌아오지 않는 사람 기다려본 적이 있는가
그렇게 많은 시간 아무도 대답을 하지 않는다면
나에게 차라리 진리를 말하지 마세요.

* 고향의 부모 형제를 그리는 애절한 마음을 담은 미국 민요

버킷리스트 1

남극해 망망한 바다에 가면
짙푸른 노트에 무엇을 적을까
가끔씩 푸른 바다의 꿈을 키웠다.

빛깔이 색채의 고통이라면
바다는 무슨 고통으로 저리 푸른가.

지구본을 타고
성산포에서 태즈메이니아 와인글래스베어*까지
가랑잎 하나로 갈 수 있다.

태평양을 건너 인도양을 지나 남극해까지
꿈이 자라서 오로라를 그리다가
찬란한 슬픔의 빛을 나는 보았다.

* 호주 최남단에 위치한 섬 남극과 가까워 오로라를 볼 수 있다.

버킷리스트 2

내 인생의 마지막 출구 전략은 자연 속에 머무는 일
누구도 가질 수 없는, 누구라도 가질 수 있는

푸르름과 신선한 바람과 공기
세계의 지붕 히말라야산맥 하늘에 소금 호수를 그
렸다.

해발 5,350미터 히말라야 청라 고개 죽음의 질주
여섯 시간을 달려 마주한 하늘 호수.

그곳을 다녀오면 세상사 왠지 잘 될 것 같다.
"알 이즈 웰(All is well)."

버킷리스트 3

고대 로마 화려했던 도시 폼페이
베수비오 화산 폭발로 순식간에 사라진 도시
버킷리스트에 올라 있다.

자연 앞에 무력한 인간의 모습 보기 위하여
폐허에 남겨진
그날의 비극이 나그네 발길을 잡는다.

시드니 추억

교통카드 하나 달랑 들고 2층 버스를 탔다.
지하철을 갈아타고 전차에서 여객선으로
파라마타 강변 카페에서 바다를 마신다.

젊은 날 꿈꾸었던 꿈같은 날이 내게도
선물로 왔다. 고래 지느러미 같은 오페라하우스
누리는 자유가 추억으로 다가온다.

마음의 여행자 크루즈를 타고 온 사람들
다시 만날 기약은 할 수 없는
추억의 강 파라마타 지금도 흐르고 있겠지.

나에겐 네 개의 산이 있다

유년에 처음 보았던 하얀 눈 쌓인 무등산
참으로 신비롭게 보였다.
무등산 겨울 산행은 언제나 나를 매혹했다.

내 젊은 날 정채봉 『오세암』 동화집을 읽고 5세에
성불한 가슴 아픈 전설을 만나러 설악산에 오르기
도 했다.
나에겐 네 개의 산이 있다.

알프스 저녁노을, 히말라야 험준한 산맥 넘을 때
"살아서 돌아왔다."라는 동행한 스님의 말처럼
무모한 도전이었지만, 산은 태고의 신비를 나에게
주었다.
마음에 네 개의 산, 간직할 수 있어서 행복하다.

득량역

득량만 둑에 내내 숨어있던 해풍
봄바람 타고 득량역으로 스며오면
교복 곱게 차려입은 소녀들 웃음꽃과 함께
벚꽃 나무는 하얀 꽃망울 터뜨린다.

60년대 증기기관차 기적 소리 따라
읍내 중학교로 통학했던 옛 친구들
이제는 추억의 거리에서 우리 서로
교수와 시인이 되어 만났다.

고단할 때마다 꿈속에 찾아오는 득량역
제2의 고향이다. 왜 득량은 나에게
디아스포라가 되었을까? 내 생애 가장
고단했던 시절, 연착된 기차를 다시 기다린다.

친구여

굽이쳐 흐르던 보성강 바라보며 자라왔던 우리
내 곁에서 영원할 줄 알았다.
보성강 주암호에 잠기고 작은 은어 떼 떠날 때
친구도 어디로 떠나갔다.

삼짇날, 강남 갔던 제비도 옛집 찾아서
다시 돌아오는데 '스와니 강' 하모니카 불어주던
옛 친구는 다시는 돌아오지 않네.
친구야 얼마나 더 세월이 흘러야 너를 만나
하모니카 그 노래 다시 들을 수 있을까?

그리운 장생포

세상이 변한다고 하지만
왜 그런지 모르겠지만
아직도 장생포 앞바다 그립다.

론강의 성스러운 별빛처럼
빛나던 시간에 불쑥불쑥
찾아온 흰고래 한 마리.

왜 그런지 모르겠지만
너와 하나의 눈부신 경험
시간이 지날수록 어둠 속에서 빛난다.

아름다운 길

시오리 대원사 가는 길
사월이 오면 잠자던 벗나무 꽃망울 터뜨리고
아득한 피안의 길이 뚫린다.

사랑하는 그대여!
엘리엇은 왜 사월을 잔인한 달이라고 했을까?
오늘도 함께 걷고 싶지만 오십 년째 혼자 걷는다.

네버랜드 겨울나무

눈밭에 맨발로 서 있는 겨울나무
삭풍이 잠시 와서 흔들어 보지만
네버랜드 겨울나무 하늘 향해
아무 말도 못 하고 그냥 울고 있다.

겨울나무 비록 지금은 시간을 잃어버렸지만
너에게도 한때는 화려했던 시간도 있었겠지
바람은 부드러웠고 산새들
너를 찾아 행복한 시간을 보냈겠지.

잎 새 다 떨어낸 겨울나무 아름다운 것은
혹독한 겨울이 지나면
가슴에 또 다른 나이테 하나
깊숙이 새길 수 있다는 그 희망 때문.

꽃섬은 바다 쉼표다

쉼 없이 밀려왔다 밀려가는 파도에
흔들림이 없는 꽃섬은 바다의 쉼표다.

여수 꽃섬에서 태즈메이니아 섬까지
바다의 상처에서 태어난 푸른 파도여.

어차피 고통을 피하지 않고서 그 먼바다
건널 갈 수 없다면 잠시 쉬어서 가자.

꽃섬은 바다 쉼표다.

4부

김소월과 재봉틀

잡초

마당 잔디밭에서 잡초를 뽑던 아내가
잡초에서 향기가 난다고 말한다.
언제쯤 클로버가 잡초가 되었을까

예전에 사랑하는 마음 당신께 전하려
네 잎 클로버 찾던 추억도 어느 순간
잡초로 이름이 바뀌게 되었을까

어느 순간 행운이 잡초로 변하는 세상
그때도 알았더라면 내 몸 두 갈래 길을 다
가볼 수 있었을까

별 헤는 밤

오직 태양과 별빛만이 사는 사막에서
별빛을 본다는 것은 나의 원초적 생명이 바람에
부대낄 때다.
짙은 어둠 속에서 빛이 빛나듯 나는 무수한
어둠의 순간을 사막에서 별빛과 함께 보낸 적이 있
다.
낙타초 가시를 씹는 낙타의 슬픈 눈방울 속으로 떨
어지는
별똥 하나에 눈물은 눈에만 있는 게 아니라는 것도
비로소 알았다.

사랑하는 사람이 죽으면
별이 된다는데 나 죽어서 별이 된다면,
우리의 사랑, 별빛 하나로 빛낼 수 있을까
셀 수 없는 별을 세다 별빛 사라지는 새벽에
더 이상 별을 셀 수 없었다.

나의 별

하늘이 바다네! 아니야 바다가 하늘이야!
여섯 살 먹은 윤호가 하늘 별자리에 푹 빠져 있는
사이
윤주는 우주 언어를 곧잘 구사하여 주위를
화들짝 놀라게 한다.

윤주 윤호는 별사탕 무늬가 있는
그림과 편지를 써서 할아비에게 선물로 준다.
별에서 온 어린 왕자처럼 호기심이 많다.
별이 되었다가 싱그러운 장미가 되었다.

별과 지구의 차이는? 똑같다는 말
어쩌다 별빛을 보면 행복해하는 아이!
파란 하늘 사이로 나뭇잎 떨어져도 웃는다.
함께 있으면 시간이 빨리 흐르지 않아서 좋다.

꼬마이 시인과 공룡 박사

"해가 집에 가면서 우리에게 주는 선물"
다섯 살 된 지오가 노을을 보면서 하는 말이다.
세 살 승오는 이억 이천오백만 년 전 공룡
이름 척척 알아맞히며 동요도 곧잘 부른다.

밝은 지혜를 이어가라는 뜻을 담은
지오知旿와 승오承旿는 형제다.
손자 자랑은 왜 돈을 내면서 하라고 할까

꼬마 시인과 공룡 박사 부모의 꽃이지만
할미 할아비에게는 신이 주신 마지막 선물이다.
내게 다시 사랑이 온다.

김소월과 재봉틀

목화송이 소복소복
쌓이는 겨울밤
어머니는 마을 사람 설빔
만드시느라 밤새워 재봉틀
돌리시고 어린 소년은 호롱불 밑에서
김소월 시집 읽었네.

수십 년이 지난 후 다시 읽은
김소월 시집『진달래꽃』
"그립다 말을 할까 하니 그리워"
그때는 몰랐네. 가난의 설움
이제는 알 수가 있네
당신이 그립다는 그 말.

저녁노을

"뜨는 해보다 지는 해가 더 고와야"
늙으신 어머니 말씀이었다.

살아간다는 것!
사랑한다는 것!
그것은 쉬운 일이 아니여.

할 일 다 하고 산과 바다 곱게
물들이며 기쁨과 슬픔 다 안고 가는
저녁노을에 잔물지다.

아내의 고희古稀

꿈 많은 스물여섯 꽃다운 나이
처음 만나 사랑을 맹세했고 2층 작은 전세방에서
소꿉놀이 신접살림을 시작했지요. 이 세상에서
제일 마음 부자로 살았던 그때가 그립습니다.

첫딸 동주를 낳은 기쁨으로 차례로
유경, 유진, 선주를 낳아서 우리는
딸 부자가 되었지요. 네 딸은
공부도 잘하고 착해서 우리의 기쁨이었지요.

그 시절 우리 살림살이 늘 부족했고
자식이 많으면 남에게 따가운 시선을 받기도 했지
만
우리는 당당하고 행복했지요.

당신의 헌신적 사랑이 아니었다면
우리의 삶 어찌 무거운 짐 짊어지고 세월의

깊은 강을 건너왔을까? 기적 같은 삶을 살아준
당신 고맙습니다.

곱게 자란 네 딸 모두 출가하여 좋은 외생外甥
일곱 명의 귀여운 손주까지 안겨주었으니
지난 44년 시간이 모두 꽃으로 피어납니다.
당신의 칠순을 진심으로 축하합니다.

아모르 파티

늦어버린 것은 아닐까?
때를 놓쳐 버린 배움의 시기
막연하게 길을 찾으려 했다.

주인집 아들 "똥지게를 져서라도
대학까지 보내겠다."라고 큰소리치던
우리 집 마지막 머슴 매수 씨.

이순耳順을 넘어서 석사모를 쓰고 보니
일찍 세상을 떠난 매수 씨가 그립다.
맞지 않는 신발 신고 돌아서 온 길
가깝지도 멀지도 않았다.

순천만

그해 겨울 순천만 갈대밭은 왠지
가보지 않는 피안의 세계를 보는 듯했다.

그 맑은 겨울 바다 갈대숲에 누가 맨 먼저
저 많은 철새를 초청하여 따뜻한 겨울을 지내게 했
을까?

삶의 무게 오랜 세월 간직한
저 갯벌의 침묵
첫사랑 냄새처럼 눈부시게 깨끗했다. 사랑도 그러
했다.

소낙비

그해 여름 칠월
소낙비 내리는 거리에 늙은 나무 쓸쓸하게 서 있다.
지상의 모든 슬픔을 씻어 내려는 듯
그칠 줄 모르는 빗줄기와 번쩍이는 천둥.

너를 향한 내 사랑이 허물이었을까?
낯선 집 처마 밑에서 잠시 너를 바라본다.
어색한 옷을 입고 돌아서 온 먼 길
오늘도 우산 없이 흥건히 젖은 낡은 구두.

눈길

마음이 따뜻한 사람 눈길에서 만나고 싶다.
소년 이청준과 어머니가 함께 걸었던
진목리* 새벽 눈길 함께 걷고 싶다.

그리운 사람 꼭 한번 만나서
늘 춥기만 했던 우리의 사랑 확인하고 싶다.
눈길 걸으면 왜 어머니가 생각날까

* 소설가 이청준 장흥 고향마을 자선적 단편 소설 「눈길」의 무대

무소유

차가운 겨울 이겨내고
막 꽃을 피우려는 매화나무
수령 25년 10그루 중 잔인한
손으로 5그루를 베어버렸다.

필요 이상 갖지 않는 것이
무소유라고 위로해 보지만
톱날이 너의 몸을 지날 때 나의 손은
잔인한 손인가 아니면 인자한 손인가

5부

나비

겨울 바다

차가운 겨울 바다가 좋아졌다.
갯벌 속에 생명의 뿌리 감추고
거친 겨울바람에 맞선 갈대의 노래
누구를 기다리며 부르는 것일까

사람이 산다는 것은
외로움을 홀로 견디어 내는 일
흐르던 강물이 갈대숲으로 사라지자
바다의 중심이 잠시 흔들린다.

사랑하는 이여!
오늘도 '생각하는 갈대'를 보려 했지만
갈대숲은 내 생애 단 한 번도 모호한
사랑을 나에게 주지도 않았다.

소리 축제

이 세상 모두가 별이 되고자 할 때
당신은 가장 낮은 곳에서 아홉을 버려
하나를 얻고자 했습니다.

당신은 소리 하나로 세상을 울리려
아흔아홉 굽이 소릿재 넘나들며
녹두꽃 같은 각혈 쉼 없이 토해냈습니다.

그렇게 얻은 한恨의 서편제 다섯 마당
들리어 오면, 쓸쓸하고 외진 남도 땅
눈 시리게 푸른 초록 잎 사랑으로 돋아납니다.

보성 소릿재

아흔아홉 굽이
보성 소릿재를 넘어서면
세상의 소리가 보인다는 전설이 있다.

"배우면 쓰것다. 기죽지 말라"
소리 스승 몰아치는 휘모리장단
소리는 세상의 눈물이 모여 산다.

남을 울리기 위해 내가 먼저
울어야 하는 서편제 보성소리
또 다른 소릿재 하나 넘고 있다.

해납백천海納白川

그 바다에 가면
꼭 묻고 싶은 말이 있었네.
그러나 끝내 묻지를 못했네.

쉴 새 없이 밀려왔다 밀려가며
바위섬 입이 터져라 물어뜯는 이유
세상의 모든 물 받아들이는 아픔 때문일까?

해납백천海納白川* 어찌하면
넓은 바다 그 너그러움 배울 수 있을까
산다는 것은 세상의 모든 일 포용하는 일.

이젠 어렴풋이 알 것 같네.
우리가 맨 처음 세상에 나오면서
누구나 홀로 빈손으로 왔다 빈손으로 간다는 것.

* 바다는 수많은 강물을 모두 받아들인다는 뜻

나비

나비는 왜 장자의 꿈속에 호접몽이 되었을까
아침에 나비 한 마리 내게 날아온다.
지구 어딘가에 숨어있다가 우아한 날개를 펴고

내가 쉽게 당신을 포기할 수 없는 까닭은
아직 장미꽃 마음 얻지 못한 연약한
당신의 날갯짓만치 내 마음 나비를 닮았다.

파밭

나는 파밭이 좋다
봄이 올 때까지 화분에 파를 심어서
가꾸기로 했다. 파 향기는 왠지 눈물이 난다.

요즈음 파밭에서 어머니
파를 다듬는 모습 자꾸만 생각이 난다.
매운 파의 체취가 차가운 겨울을 견디게 한다.

백운동 별서정원

촉촉이 봄비 내리는 날
백운동 별서정원 우산도 없이
늙은 동백나무 보러 갔다.

쓸쓸하고 외진 땅에 시공을 초월한
겨울나무 신선을 꿈꾸는 듯하다.
옛 선비는 왜 깊은 계곡에 은둔했을까

다산이 짓고 초의草衣가 그렸다는
늙은 동백나무 계곡, 별서정원 긴 세월
얼마나 많은 사람 봄 앓이 앓았을까

사의재 四宜齋

1801년 다산茶山이 강진으로 유배 오던 첫날
유배지는 차가운 싸락눈이 내리고 있었다.
강진에서 첫날 밤을 묵기 위해서 여러 곳
찾았지만 낯선 땅 모두 중죄인이라며 외면할 때,
따뜻한 국밥 말아주며 뒷방까지 내주었던 밥집
할멈, 숨은 이야기 다산의 사랑*으로 깨어난다.

유배의 실의에 빠진 다산 정약용
'어찌 헛되이 그냥 사시려 하는가?'
주막집 노파의 한마디에 낡은 허물을 벗고
겸상을 청했다던 저잣거리 사의재四宜齋
농사꾼 장사꾼 함께 제자로 삼아 강학했던 곳
그곳에 가면 여전히 다산이 살고 있다.

* 정찬주 소설

오로벨 풍경

바람이 살랑살랑 불 때마다
석류나무 가지에 매달린 오로벨 풍경
꽃으로 피어난다.

아! 바람이 아니라면
만약 사랑이 아니라면 우리는
석류 주스 잔 앞에서 무슨 말을 할 수 있을까.

히말라야 명상보다 더
절실한 명상을 아직 찾지는 못했지만
바람 앞에 서 있는 오로벨 숨소리 들을 수 있네.

채동선 음악당

벌교 부용산 자락 어두운 밤하늘
별빛처럼 피어나는 당신 생각에
벗들과 함께 오늘도 산언덕에 올라
〈그리워〉 노래를 목 놓아 불러 보았다.

모두가 떠나버린 빈자리
무심한 동백꽃 애처롭게 떨어져 누워있다.
사랑하는 이여! 말 못 한 슬픔 얼마나 많으랴
"나 그대 위해 노래하는 별이 되리니"*

* 정호승의 시 「이별의 노래」

내 마음의 노래

뜨락에 동백은 지고 없는데
동산에 뻐꾸기 울음, 아직 피지 않는
모란을 재촉하는 것 같다.

오늘은 마치 4월의 봄비가 내린다.
〈모란동백〉 노래 가사를 흥얼거린다.
마음이 평화롭다.

내 인생도 노래 가사처럼
"어느 나무 그늘에 고요히 잠든다 해도"
내 사랑 다시 돌아오지 않아도 내 노래 잊지는 말아
요.

오월은

봄이 다 가기 전에
이쪽에서 저쪽 세상으로 넘어가는 세상
무사히 건너갈 수 있을까?

가볍게 강하게 사는 일이다.
오월이 되면 별 이름 하나하나 불러 보고 싶다.
라이너 마리아 릴케, 샤를 보들레르, 영랑 김윤식.

성어락 成於樂 *

최근 TV 방송에서 현역 트로트 가왕 선발
하는 음악 프로를 흥미롭게 보았다.
저마다 혼신을 쏟아붓는 경연은 참으로 아름다웠
다.

남을 울리기 전에 내가 먼저 많은 시간을 눈물로
버텨 왔다는 현역 가수, 나이 불문하고 거인이다.
처음 느껴보는 뜨거운 열광에 가슴이 먹먹하다.

옛 성인이 음악을 통해 성숙해져야 한다고 했는데
노래 한 곡을 완전하게 부를 수 없는 나는
아직도 미성숙.

* 음악에서 완성한다(태백泰伯8 '논어')

함께 걷자

21세기 어느 날 지구로
초대받지 않는 낯선 불청객이 불쑥 찾아왔다.
77억 시선이 너에게 집중되고 세상은
고립되어 적막해져 갔다.

인간을 구하기 위해 내려오셨다는 신들도
속수무책 신은 왜 인류에게 가끔 불안과 공포를
가르치려 할까
아무래도 잠시 평화를 잊고 사는
사람들에게 코로나19는 하나의 경고다.
그러나 모든 일은 곧 지나가리라!

슬픔을 치유하는 '버킷리스트'

이 송 희(시인 · 문학박사)

1.

고향故鄕은 누구에게나 애틋한 그리움이자 유년의
영욕榮辱이 머무는 장소일 것이다. 누군가에게는 다시
는 돌아갈 수 없는 장소가 되어 버렸거나, 낯설게 변
해버린 고향 앞에 고향을 잃어버린 느낌이 드는 경우
도 있을 것이다. 또한 누군가는 돌아보고 싶지 않은
아프고 서러운 공간으로 고향이 기억되기도 할 것이
다. 그러나 이남섭 시인에게 고향은 시혼詩魂의 뿌리
이며, 유년의 시간이 출렁이는 현재형의 장소다. 시인
은 스스로 "고향의 강을 품고 사는" 존재이기에 "세상
에서 가장 큰 부자"라고 자부한다. "흐린 날에도 새싹
을 생각하"고, "겨울 들판에도 파란 하늘을 생각"한다

는 이남섭 시인의 말은 삶과 사람을 대하는 긍정적이고 포용력 있는 마음으로 읽힌다.

『보성문학』(31호)에 이남섭 시인이 쓴 「무위無爲의 강」에는 그가 사는 보성군 가내마을에 대한 고즈넉한 분위기가 그려져 있는데, 이곳은 사면이 산으로 둘러싸여 있는 한적한 산골 마을이라 한다. 마을 중앙과 마을 앞으로 가ㅁ자를 형성하며 흐르는 개울물이 사철 물줄기가 마르지 않고 청정하게 흐른다고 하여, 가내ㅁ川마을이라고 부른다. 어려서부터 밤낮으로 흐르는 개울물 소리를 들으며 자란 이남섭 시인은 고향에 머물면서 가내마을이 지나온 시간을 문장으로 보존하고 기록하는 삶을 사는데, 이는 자연스럽게 시의 배경이 된다.

이남섭 시인의 시집 『날마다 별꿈』은 시인의 삶과 시의 원형적 공간인 가내마을에 대한 애정과 그리운 존재들에 대한 그림자와 표정으로 가득하다. 이남섭 시인은 가내마을의 흘러간 계절들과 사람들에 대한 연민을 품고 꽃들이 흐드러진 길 위에 선다. 살아 있다는 것은 누군가를 그리워할 수 있다는 점에서 다행스러운 일인지 모르지만, 이남섭 시인은 그리워하는 과정에서 오는 고독과 쓸쓸함을 견뎌내는 법을 안다는 점에서 더욱 애잔하기도 하다. 이남섭 시인은 떠나간 것들은 오지 않을(못할) 것임을 알면서도, 곁에 없는(멀리 있는) 존재들을 기다리며 문을 열어 둔다. 언젠가는 만날 수 있다는 막연한 희망을 직접적으로 드러낸다거나 지나치게 허전한 감정을 토로하지 않고도, 강이 흐르듯 잔잔하게 시상을 끌고 가는 서정의 힘을 보여준다.

　이남섭 시인이 그린 서정의 원천은 고향에 대한 애착과 삶에 대한 사랑에서 출발하여 자기 사랑에 대한 신념과 별빛을 꿈꾸는 순수함으로 이어진다. 과감한 언어를 지양하면서 정서 표현이 자연스러운 이남섭 시인의 시적 전략은 그가 지향하는 '첫 마음'에 대한 진실과 사랑으로 애잔하지만 따뜻하게 전달된다. 이남섭 시인이 삶과 자기 자신을 대하는 근본적인 자세를 엿볼 수 있는 '첫 마음'은 주체의 삶이 어디쯤 와 있는지 돌아보고 어떻게 살아가야 하는지를 스스로에게 물어보는 여유를 제시한다.

새해 첫날 떠오른 태양은 자신이 어제와
다르다는 것을 알고 있을까?
나는 새해 첫날 조계산 무소유길에 오른다.
바람 소리 물소리에 마음 싣다 보면, 우리의 삶
어디쯤 와 있는지 알 것 같다.

오늘의 태양이 어제와 다르지 않다는 걸
새해 첫 마음은 어제와 다르지 않다는 걸.

―「첫 마음」 전문

주체는 새해 첫날 조계산 무소유 길에 오른다. "바람
소리 물소리에 마음 싣다 보면" 우리의 삶이 어디쯤
와 있는지 잊어버리게 되는 마음을 성찰하기 위해서
다. "새해 첫 마음"이 "어제와 다르지 않다는 걸" 깨닫
고 오는 길, 주체는 무소유의 의미에 대해 자문한다.
엄밀한 의미에서 보면, 소유와 무소유의 개념은 환상
이 아닐까. 인연 따라 만나고 헤어지는 것은 인간뿐만
아니라 사물과의 관계에서도 모두 그러하다. 모두 인
연에 따라 오가는 삶이기에 그 무엇에도 집착이나 미
련을 갖지 않고, 찰나와 같은 삶을 소박하게 살다가
가면 된다. 오고 가는 인연을 묵묵하게 받아들이며,
반복되는 일상의 삶을 아낌없이 사랑하는 것이야말로
소유所有라는 환상으로부터 자유로워지는 것이다.

어제와 오늘이 크게 다르고, 오늘과 내일이 크게 달
라질 것은 없다. 이렇게 덧없이 반복되는 일상을 잘
살아내는 것, 그 자체가 삶에 대한 용기이고 의지이며
애정이다. 무엇을 가지려 하거나 이루려 하지 않고 일
상의 번다한 것들, 사소하고 별 볼일 없는 일들을 묵

묵히 해내는 것이야말로 우리네 삶이 아니겠는가. 첫 마음처럼 항상 지금 이 순간에 불평불만을 갖지 말고 만족하고 기뻐하면서 살아가는 자세가 필요하다. 이것은 소확행小確幸이라기 보다는, 묵묵히 일상을 살아내는 것 자체에 대한 예의이고 애정이라는 의미이다. 이러한 삶에 대한 사유를 가진 시인이기에 이남섭 시인이 고향을 품을 수 있는 것이고, 고향이 시인을 품을 수 있는 것이 아닐까.

2.

당신의 그늘은
가을빛 등지고 누군가 먼 길 떠나는 날에도
어린 서재필이 원님 부채 얻어 노래했을 때도
손뼉 치던 수령 520살 눈물 많던 당산나무.

어린 것들이 당신의 높은 등에 올라타서
꽃이 되겠다는 맹세 할 때,
푸른 산 푸른 물, 말 없이
두 팔 안고 쥐여주던 큰 나무 할아버지
귀 기울여보자

그리운 임의 목소리
나직이 들려온다.

－「당산나무」전문

　보편적으로 당산나무는 마을 어귀에서 마을을 지켜
내는 수호신守護神 역할을 했다. "수령 520살 눈물 많
던 당산나무"는 이 동네 역사를 품고 있으며, 역사의
모든 순간을 목격했던 존재다. 당산의 높은 등에 올라
타는 '어린 것들'은 이 마을의 미래를 뜻한다. 당산나
무가 이 고을의 미래까지 품어 안고 마을을 지키고 있
다. 당산나무는 "두 팔 안고 쥐여주던 큰 나무 할아버
지"의 모습으로 마을 사람들의 말에 "귀 기울여"주는
존재다. 당산나무는 우리 고을을 지켜주는 역할도 하
지만 우리의 꿈도 이루게 한다. 어린아이들이 당산나
무 곁에 머물고 있다. 그런데 요즘에는 길을 낸다고
하여 나무를 다 베어 버리고 고을의 역사와 문화가 그
대로 깃들어 있는 흔적을 없애 버리는 일이 많아졌다.
이 시에는 개발의 논리와 자본의 논리에 밀려 없애버
리고 사라져 가는 것들에 대한 향수나 안타까움이 담
겨 있다.

　누대로 내려온 월백당

할아버지 씨 뿌리고 가꾸어온 붉은 동백나무
후손처럼 줄지어 서 있다.
수십 년 변방 떠돌다 고향으로 돌아온 나를
불을 켜며 용서하고 받아주는 곳.

세상 후미진 곳 별이 빛나는 밤
차가운 달빛 아래 새하얀 눈밭에 뚝뚝 흘리는
붉은 꽃의 눈물, 모두가 덧없는 세상이라 하지만
오늘은 좀 추운 사랑도 좋아.

　　　　　　　　　　　　　　　－「동백 사원」 전문

　"누대로 내려온 월백당"에는 할아버지가 "씨 뿌리고
가꾸어온 붉은 동백나무"가 "후손처럼 줄지어 서 있
다". 그것은 "수십 년 변방 떠돌다 고향으로 돌아온"
주체를 "불을 켜며 용서하고 받아주"고 반겨주었다.
"세상 후미진 곳"이지만 "별이 빛나는 밤"이었는데,
주체는 "차가운 달빛 아래 새하얀 눈밭에 뚝뚝 흘리
는/ 붉은 꽃의 눈물"을 본다. 동백에 쌓였던 눈이 녹
으면서 눈물을 흘리는 것처럼 보이는 동백을 보며, 주
체는 "모두가 덧없는 세상이라 하지만/ 오늘은 좀 추
운 사랑도 좋"겠다고 자신을 받아 준 고향의 포근함과
너그러움에 매료된다. 동백은 고향을 지켰던 나무다.

후손처럼 줄지어 서 있는 나무들이 고향을 지키며 주체를 반기고 있으니 주체 역시 고향을 품어야 할 이유다.

"망일봉 자락 가내[可川] 물가에/ 봉황이 나는 듯 우뚝 선 학당 천상재", 이남섭 시인은 "옛 선비 은둔 유업遺業 이어왔던 집"(「천상재川上齋」)을 지키며 유업을 받든다. 이곳은 서재필 외조부 가은공 이기대가 후진양성을 위해서 만권의 책을 모아서 설립한 3학당인데, 이남섭 시인은 이곳에서 선조의 유업을 받들며 귀한 분을 기다리는 중이다.

> 누가 저 주암호를 불러 모아
> 숨소리 멈춰버린 보성강 다시 숨 쉬게 할 수 있을까?
> 누가 저 강물 흐르지 못하게 막고 섰는가.
>
> 어디선가 들려오는 노래 스와니강
>
> 이젠 어떤 질문도 하지 마세요.
> 돌아오지 않는 사람 기다려본 적이 있는가
> 그렇게 많은 시간 아무도 대답을 하지 않는다면
> 나에게 차라리 진리를 말하지 마세요.
> 　　　　　　　　　　　　　－「돌아오지 않는 강」 전문

강물을 흐르지 못하게 막고 있는 것은 시간을 멈추고 싶다는 주체의 의지일 것이다. 숨소리가 멈춘 것은 강물이 더 이상 흐르지 않는 상태임을 말한다. 주체는 고향을 떠나오던 시절 고향의 부모 형제를 그리는 마음에 미련을 두고 그 시간에 머물고 싶어 한다. 고향 땅에 돌아왔으나 지금은 그리웠던 사람들이 없기 때문이다. 아무도 대답하지 않는 것은 이미 내 고향 땅에 내가 알고 있는 사람이 없다는 방증이다. 차라리 이곳에 부모 · 형제가 있다고 누군가가 거짓말을 해줬으면 좋겠다고 생각한다. 유년의 고향에서 함께 했던 사람들이 이제 곁에 없다는 사실을 알면서도 거짓말이라도 해주었으면 하는 마음이 드는 것은 고향에 머물던 유년의 시절이 좋았기 때문이다.

고향은 주체에게 탯자리이면서 삶의 뿌리이기 때문이다. 내가 시작되었던 첫 장소로서 의미가 큰 고향은 언제라도 다시 와서 에너지를 충전하고 갈 수 있는 곳이다. 주체는 마음의 고향인 엄마, 배우자, 땅을 품고 가내마을에 서 있다. "'스와니 강' 하모니카 불어주던/ 옛 친구는 다시는 돌아오지 않"는다는 것을 알면서 "친구야 얼마나 더 세월이 흘러야 너를 만나/ 하모니카 그 노래 다시 들을 수 있을까?"(「친구여」) 꿈꿔 보는 것이다. 흐르는 강은 되돌릴 수 없는 시간을 표상한다는 점에서 돌아갈 수 없는 시간에 대한 그리움을 더 강하게 부각시키는 효과를 준다.

3.

오월 묵묵히 견디어야 했던 삶의 무게
세상은 고달파도 사람들은 가보지 않는
피안의 세계를 잠시 꿈꾼다.

오월이 되면 누구나 부처가 된다는데
왜 까닭 모를 슬픔인가? 어린이날
어버이날, 스승의날 5월 달력을 축제로 적신다.

– 「오월 축제」 전문

피안彼岸의 세계는 때가 되면 다 건너갈 수밖에 없는 곳인데 왜 피안을 꿈꾸는 것일까? 주체는 "오월이 되면 누구나 부처가 된다는데" 왜 까닭 모를 슬픔이 이는지에 대해 생각한다. 부처가 된다는 것에는 세상의 이치를 통달했다는 의미가 있다. 부처는 인생은 고해苦海라 하여, 뭇 태어난 모든 생명은 고통으로부터 자유로울 수 없다고 했다. 불교의 사법인四法印인 제행무

상諸行無常, 제법무아諸法無我, 일체개고一切皆苦, 열반적
적涅槃寂靜은 인간 세상을 바라보는 불교의 기본적인
관점이다. 세상에 영원한 것은 없으며, 때가 되면 모
든 게 변한다는 의미다. 모든 것이 쉼 없이 바뀌므로
(제행무상諸行無常), 세상 속에서 '나'라는 존재는 있을
수가 없다는(제법무아諸法無我) 것이다. 따라서 세상에
난 뭇 생명들은 예외가 없이 누구나 고통스럽다.(일체
개고一切皆苦). 그러나 이 세상을 벗어나 번뇌의 불꽃이
꺼진다면 평화로운 안식인 열반적정涅槃寂靜에 든다는
것이다. 부처가 바라봤던 세상은 결코 극락極樂이 아
니었다. 음양 陰陽이라는 환상 속에 갇힌 중생에게 지
상의 삶은 결코 극락일 수 없다. 그러므로 부처의 깨
달음을 얻게 되면 슬픔을 피할 수가 없다.

세상은 절대 지옥에 가까운데, 비유하자면 이 세상
은 학교이기도 하다. 이곳 지구별에서의 삶을 통해 우
리는 다양한 진실을 배워간다. 우리네 삶에서 보이는
여러 모습은 크게 '사랑의 표현'과 '망각된 사랑의 표
현'이 있을 따름이다. 사랑의 표현이든 '망각된 사랑의
표현'이든, 이 모든 것은 영혼의 성장과 진화에 반드
시 필요한 요소이다. 분명 사랑의 표현이 있는 곳에
평화와 안정, 여유와 기쁨이 있을 것이다. 스승의날과
어린이날, 어버이날 등은 이런 여러 가지 인간관계와

서로의 역할을 인식해 나가면서 결국 부처의 깨달음으로 이어지는 날이다. 부처의 깨달음을 얻게 되면 우리의 삶이 결코 천국이 아님을 알게 된다. 지옥을 통해서 우리는 결국 천국을 지향할 수 있다. 지옥이 아니면 천국을 지향할 수가 없다.

결핍이 있어야 소중한 것을 안다. 배고픔이 있어야 음식에 대한 소중함을 깨닫고, 사막의 목마름이 있어야 물의 소중함을 깨닫고, 죽음이 있어야 삶의 소중함을 깨닫는 것처럼, '결핍이나 부재'라는 환상을 통하지 않고서는 우리는 우리의 본질을 깨닫기 어렵다. 지옥을 통하지 않고서는 천국에 이를 수 없다. 풍요로운 5월은 모든 것을 다 갖추고 있는 듯 보이지만, 이것을 통해 상대적으로 갖추지 못한 존재들의 슬픔이 드러난다. 아무리 볕이 좋은 날에도 그늘진 곳은 있기 마련이라는 것을 깨닫는다면 부처가 되는 것이고, 부처가 되면 슬플 수밖에 없다. 이 실상을 깨닫고 나면 숙연해질 수밖에 없기 때문이다.

사월에 내린 비는
목덜미가 가늘고 긴 모딜리아니의 여인처럼 내린다.

드러나는 그녀의 하얀 잇바디 꽃니가 이파리 물듯이

온다.

인적 없는 마을 어느 기웃한 뒤란의 저물녘쯤이겠다.
허리 구부정한 감나무 아래 떨어지는 빗물을 감또개처
럼 세고 있는 아이.
처마 끝으로 내민 손끝에서 빗물은 이내 지문이 된다.

오래전 그 비가 아직 내 몸속으로 내리는가.
손끝마다 파문을 그리고 있는가. 종일 따라오는 빗소
리에 문득
멈춘 사월의 긴 목덜미.

－「사월의 목덜미」 전문

모딜리아니가 그린 여인들의 초상화에는 목이 긴
여자들이 많이 등장한다. 목이 긴 것은 지독한 가난과
불확실한 미래, 병약한 육체 때문에 고통받던 작가의
비극적인 삶을 응축한 것으로 해석하는 경우가 많다.
목이 긴 것 자체가 자기 삶의 투영이어서 사람들로 하
여금 깊은 슬픔을 불러일으키게 하는 효과를 주는데,
이 시의 배경인 사월과는 어떤 연관성이 있을까? 사
월에 내리는 비가 슬프고 불확실하고 약간은 유약한
느낌이 든다. 인적 없는 마을 저물녘 뒤란은 음산하고

적막한 느낌이 드는 곳인데, 그래서 이곳에 내리는 비는 음울한 분위기를 가져 온다. "멈춘 사월의 긴 목덜미"로 마무리하고 있는 것으로 보아 목덜미가 잡힌 것일까 생각해 볼 수 있다.

　주체가 4월이라는 시간에 목덜미가 잡혀서 4월에 머물러 있는 듯하다. 어떤 정서를 불러일으킬 만한 구체적인 이미지가 등장하지는 않지만, 이 비는 반가운 비는 아님을 알 수 있다. 지난날의 상흔을 상기시키는 비가 아닐까? 불안하고 불확실한 트라우마Trauma이면서 유년의 시간을 담고 있는 비는 매년 4월이 되면 내리는 비가 떠오르면서 주체의 목덜미를 자극한다. "오래전 그 비가 아직 내 몸속으로 내리는가."라고 했으니 아직도 끝나지 않은 비임을 알 수 있다. 4월만 되면 긴 목덜미처럼 주체에게 스며들고 영혼을 차갑게 적시는 비, 사월의 그날처럼 주체의 마음에 비가 내린다.

　　초승달은 내게 언제나 꿈이다.
　　히말라야 만년설 위에서 바라보고픈 저 달
　　질풍노도疾風怒濤 청춘부터 가슴에 품었다.
　　철없던 벗들 모임 명칭도 초승달이었다.

만월을 기다리는 나는 초승달
좋은 날은 아직 오지 않았다.
지금도 미생未生이라는 이름 달고 살지만
날마다 별이 되는 꿈 꿈꾸며 산다.
　　　　　　　－「좋은 날은 아직 오지 않았다」 전문

　우리는 알면서도 오늘보다 내일이, 내일보다는 모레가 더 나을 것이라는 희망고문을 하고 산다. 그러나 지금 이 순간이 충분히 만족스럽고 기뻐야 한다. 행복은 목표의 대상이 아니기 때문이다. 프랑수아 를로르의 『꾸뻬씨의 행복여행』(오래된미래, 2004)이라는 책에는 "진정한 행복은 먼 훗날 달성해야 할 목표가 아니라, 지금 이 순간 존재하는 것입니다."라는 노승老僧의 말이 나온다. 인간은 매번 행복을 찾아 과거나 미래로 달려가지만, 그러한 태도가 지금 현재를 불행하게 만든다는 것이다. 그러니까 행복은 미래의 목표가 아니라, 오히려 현재의 선택이라고 할 수 있다. 사람이 바라는 바를 모두 채우면, 이제 남는 것은 죽음뿐이다. 주체는 살아가고자 하는 의욕을 불러일으키기 위해 좋은 날은 아직 오지 않았다고 말하는 듯하다. 미생未生은 '미완의 삶'이란 의미로 뭔가 결핍되고 부재한 상황의 삶을 의미한다. 주체가 "날마다 별이 되는 꿈"을

꾸며 사는 행위는 더 좋아질 것이라는 희망을 품고 사는 자세다. 그래서 달에 더 가깝다고 생각되는 히말라야 만년설 위에서 달을 보고 있는 것일까?

주체는 "질풍노도疾風怒濤 청춘부터 가슴에 품"고, "철없던 벗들 모임 명칭도 초승달이었"음을 회상한다. 초승달이어야 만월滿月을 기대하며 꿈꾸며 살아갈 수 있다. 아마도 주체는 좋은 날은 아직 안 왔다는 것보다는 좋은 날은 이미 우리에게 주어져 있다는 믿음으로 살아가는 것이 중요하다는 것을 반어적으로 말하고 있는 듯하다. 시간은 '물리적인 거리감이 주는 환상'이다. 인간이 유한하고 일시적인 '몸'을 가지고 태어났기 때문에 시·공간이란 것이 있다고 믿으며 살지만, 궁극적 실재인 우주적 관점에서 본다면 '모든 것'은 이미 이루어져 있다. 달도 마찬가지다. 우리가 보는 협소한 시각에 따라 달이 달리 보일 뿐, 달이 줄거나 늘어나는 것은 아니지 않은가. 부족한 듯 보이지만, '모든 것'은 이미 온전하다. 인간이 작고 부분적인 것을 취해서 그것을 '나'라고 생각하니, 세상의 '모든 것'들이 온전치 못하게 보일 수밖에 없다. 주체는 결국 '나'라는 육신에 갇혀 살다 보니 한계가 있을 수밖에 없는 우리의 모습을 성찰한다.

4.

칠십 년 넘게 이 땅에 살아오면서
인연을 맺었던 사람들 꿈에 자주 찾아온다.
모두가 가식 없는 온유한 얼굴이다.

무엇 때문에 바삐 살아야 하는지도 모르고
바쁘게 살아온 날들, 세상에 태어나
세상을 위해 크게 이롭게 한 바는 없지만,
세상에 너를 만나 행복했다던 친구
나도 친구가 있어서 행복하다 친구여!

너를 얼마나 사랑했는지 그 누구도 알지 못한다.
　　　　　　　　　　　　　　－「종심從心」 전문

　'종심從心'은 『논어論語』의 「위정편」에 등장하는 공자
의 말로, 나이 70을 '종심소욕불유구從心所欲不踰矩'라고
한 문구에서 유래한 말이다. 간단히 말하면, 나이 70
이 되면 마음을 따르는 것에 거리낌이 없다는 뜻이다.
일흔 살의 나이가 되면, 마음이 하고자 하는 대로 따
라가도 그것이 법도를 벗어나는 일이 없다는 뜻에서
비롯되었다. 그만큼 성숙해지고 어른스러워졌다는 말

이다. 마음대로 행동해도 문제를 일으키지 않는다는 의미를 바꾸어 표현했다. 일흔이라는 나이에 드디어 마음에 화평和平이 찾아왔다는 것일까. 결국 자신에게 남는 것은 돈도 권력도 아니고 곁에 사람이 있어야 한다는 것을 깨닫는다. 말년이 외롭지 않고 불행하지 않으려면 사람이 곁에 있어야 한다. 주체는 일흔에 이르러 사람을 사랑하면서 살아가는 것이, 가장 큰 재산임을 역설한다.

> 남극해 망망한 바다에 가면
> 짙푸른 노트에 무엇을 적을까
> 가끔씩 푸른 바다의 꿈을 키웠다.
>
> (중략)
>
> 태평양을 건너 인도양을 지나 남극해까지
> 꿈이 자라서 오로라를 그리다가
> 찬란한 슬픔의 빛을 나는 보았다.
>
> ─「버킷리스트 1」부분

> 내 인생의 마지막 출구 전략은 자연 속에 머무는 일
> 누구도 가질 수 없는, 누구라도 가질 수 있는

푸르름과 신선한 바람과 공기
세계의 지붕 히말라야산맥 하늘에 소금 호수를 그렸
다.

해발 5,350미터 히말라야 청라 고개 죽음의 질주
여섯 시간을 달려 마주한 하늘 호수.

그곳을 다녀오면 세상사 왠지 잘 될 것 같다.
"알 이즈 웰(All is well)."
　　　　　　　　　　　　　　－「버킷리스트 2」전문

고대 로마 화려했던 도시 폼페이
베수비오 화산 폭발로 순식간에 사라진 도시
버킷리스트에 올라 있다.

자연 앞에 무력한 인간의 모습 보기 위하여
폐허에 남겨진
그날의 비극이 나그네 발길을 잡는다.
　　　　　　　　　　　　　　－「버킷리스트 3」전문

　일흔이 넘은 주체의 버킷리스트는 상처와 고통을
품는다는 의미에서 남다르다. 죽기 전에 반드시 체험

해야 할 일의 목록이라는 점에서 버킷리스트 목록은 신중할 수밖에 없다. 주체의 첫 번째 버킷리스트는 테즈메이니아 와인글레스베어에 가서 남극의 오로라를 보는 것이고, 두 번째 버킷리스트는 히말라야에 올라가서 소금호수를 보는 것인데, 그곳을 다녀오면 세상사가 잘될 것만 같다는 생각에서라고 한다. 세 번째 버킷리스트는 고대 로마의 화려했던 도시 폼페이에 가서 그날의 비극을 되짚어 보는 것이다. 인간은 비극을 보면서 자기 마음을 정화 시키는 체험을 한다. 아리스토텔레스는 『시학』 6장 「비극의 정의와 구성요소」에서 "비극은 양념을 친 온갖 언어를 곳곳에 배치해 낭송이 아니라 배우의 연기를 통해 훌륭하고 위대한 하나의 완결된 사건을 모방하여 연민과 공포를 느끼게 함으로써 그 감정의 정화(카타르시스)를 이루어 내는 방식이다"라고 한 바 있다. 즉 이 말은 결국 슬프고 고통스러운 이야기가 인간의 감정을 정화 시킨다는 말이 된다.

이남섭 시인의 시 「버킷리스트」 1, 2, 3에 등장하는 장소는 인류의 고통과 비극을 담고 있는 공간이다. 주체는 이 장소에서 연민과 공포를 불러일으키고, 이것으로 인해 감정의 정화를 가져올 수 있다는 희망을 품는다. 인간은 타인의 고통을 공유하고 공감하였을 때

더욱 정의로워지고 성숙해지며, 올바른 삶을 살기 위해 노력하게 된다. 결국 이런 고통은 '나'만 겪는 것이 아니라 인류에게 주어진 숙명이라는 것을 깨달으면 나에게 주어진 고통을 견뎌내고 이겨낼 수 있는 힘을 갖게 된다.

> 차가운 겨울 이겨내고
> 막 꽃을 피우려는 매화나무
> 수령 25년 10그루 중 잔인한
> 손으로 5그루를 베어버렸다.
>
> 필요 이상 갖지 않는 것이
> 무소유라고 위로해 보지만
> 톱날이 너의 몸을 지날 때 나의 손은
> 잔인한 손인가 아니면 인자한 손인가
>
> – 「무소유」 전문

열 그루가 많다 싶으면 다섯 그루를 베어내지 말고 뿌리째 분양을 하면 어땠을까? 주체는 "차가운 겨울 이겨내고/ 막 꽃을 피우려는 매화나무" "수령 25년 10그루 중 잔인한/ 손으로 5그루를 베어버렸다". "필요 이상 갖지 않는 것이/ 무소유라고 위로해 보지만" 주체는 톱날이 나무의 몸을 지날 때의 잔인했던 순간을 기억한다. 주체는 자신도 모르게 매화나무를 자신의 소유물로 여겼다. 소중한 생명이라고 생각했다면 '다른 이'에게 분양을 하는 등 매화나무를 살리는 여러 방법을 생각했을 것이다. 무소유는 필요 이상으로 갖지 않는 것을 말하는 것일 수도 있지만, 또 다른 의미로는 '내가 무엇을 갖고 있다거나 가지고 있지 않다거나, 나의 것이거나 너의 것이거나'라는 개념에 얽매이지 않은 상태를 말한다.

　인연 따라 잠깐 왔다가 떠나는 삶에 집착이나 미련이 없는 것이 진정한 무소유다. 처음부터 네 것도 내 것도 아니다. 나의 곁에 있는 그 인연, 즉 자연물이든 사물이든 그것에 집착이나 미련을 갖지 않는 것이 무소유다. 버렸다는 개념 자체를 갖고 있는 것도 진정한 무소유를 이해하지 못했기 때문에 생긴 일이다. 법정 스님이 말하는 무소유는 집착이나 미련을 버리는 행위다. 결국 이남섭 시인은 내 것이라고 상상하는 것이지 '나'라는 존재가 죽고 나면 '내 것'이었다는 믿음이 아무 소용이 없음을, 고향 땅에서 시작되어 버킷리스트의 목록을 만드는 현재에 이르기까지의 삶을 살면서 깨달아 가는 것이다.

오직 태양과 별빛만이 사는 사막에서
별빛을 본다는 것은 나의 원초적 생명이 바람에
부대낄 때다.
짙은 어둠 속에서 빛이 빛나듯 나는 무수한
어둠의 순간을 사막에서 별빛과 함께 보낸 적이 있다.
낙타초 가시를 씹는 낙타의 슬픈 눈방울 속으로 떨어
지는
별똥 하나에 눈물은 눈에만 있는 게 아니라는 것도 비
로소 알았다.

사랑하는 사람이 죽으면
별이 된다는데 나 죽어서 별이 된다면,
우리의 사랑, 별빛 하나로 빛낼 수 있을까
셀 수 없는 별을 세다 별빛 사라지는 새벽에
더 이상 별을 셀 수 없었다.
　　　　　　　　　　　　　　　　　　－「별 헤는 밤」 전문

　이 시는 "오직 태양과 별빛만이 사는 사막에서" 별
빛을 보는 행위는 "나의 원초적 생명이 바람에 부대낄
때" 행해진다는 주체의 도입으로부터 출발한다. 주체
는 사막에서 별빛을 바라보고 있다. 별이 가지고 있는
특징은 사랑 혹은 희망의 의미도 있고, 너무 멀리 떨

어져 있어서 보이긴 하지만 갈 수는 없는 곳이라는 의미가 크다. 그래서 사랑하는 사람이 죽으면 별이 된다는 믿음을 품지만, 마음속엔 항상 남아 있어도 만날 수가 없는 안타까움이 있을 수밖에 없다. 사랑하는 많은 사람들이 헤아릴 수 없을 만큼, 이미 저세상으로 떠났다. 한편 세상이 어둠에 묻힐 때 보이는 곳이 별이라서 더 아득하다. 사막은 외로운 곳이라서 별을 바라볼 수밖에 없다. 어린왕자가 그랬던 것처럼. 너무도 많은 별을 다 헤아릴 수 없기도 하고, 해가 뜨면 별은 안 보이기 때문에 더 간절하다. 사랑하는 많은 것들을 잃어서 다 셀 수도 없고 사랑하는 사람만 떠올리면서 살 수도 없다. 아침이 오면 또 내게 주어진 삶을 살아야 하기 때문이다. 그러나 '나'를 지탱해 주는 힘은 어쩌면 저 별빛일 수도 있겠다. 그들이 나를 계속해서 지켜보고 있다는 생각을 품고 주체가 사막 같은 길에서 별을 바라보며 현실을 견뎌내는 이유다.

5.

늦어버린 것은 아닐까?
때를 놓쳐 버린 배움의 시기

막연하게 길을 찾으려 했다.

주인집 아들 "똥지게를 져서라도
대학까지 보내겠다."라고 큰소리치던
우리 집 마지막 머슴 매수 씨.

이순耳順을 넘어서 석사모를 쓰고 보니
일찍 세상을 떠난 매수 씨가 그립다.
맞지 않는 신발 신고 돌아서 온 길
가깝지도 멀지도 않았다.
　　　　　　　　　　－「아모르 파티」 전문

'아모르 파티Amor fati'는 프리드리히 니체의 운명관
으로 필연적인 운명을 긍정하고 단지 이것을 감수할
뿐만 아니라 오히려 이것을 사랑하는 것이 인간의 위
대함을 보여주는 것이라는 생각을 담고 있는 사상이
다. 즉 자기에게 주어진 운명을 감수하고 사랑하는 것
이 인간의 위대함을 보여주는 것이라고 말하는 것이
아모르 파티의 개념이다. 보통 '운명애運命愛'라고도 번
역하는 이 말은 운명을 스스로 창조하는 것과도 연결
된다. 운명에 순응한다기보다 자기에게 주어진 것을
순수하게 받아들이고 이것을 창조적으로 헤쳐 나간다

는 의미다. 이 관점에서 이 시를 보면, 늦게라도 무엇을 배우겠다는 주체의 의지와 열정은 아모르 파티 그 자체다.

자기에게 주어진 운명을 충분히 감수하고 그것을 긍정적으로 개척해 나가려는 의지의 실현이다. 머리가 희끗희끗해진 나이에도 배움의 끈을 놓치지 않은 자세는 이남섭 시인의 시에 다양한 방식으로 스며들어 있다. "이순耳順을 넘어서 석사모를 쓰고", 버킷리스트를 작성하고, 별과 달을 품고 그리워하는 그는 먼저 떠난 이들이 그토록 기다렸던 마음의 고향이다. "맞지 않는 신발 신고 돌아서 온 길"은 자신이 원했던 삶이 아니었기에 사막처럼 버겁고 힘들었다. 그렇지만 운명을 받아들이고 기꺼이 자신의 삶을 개척해 나가겠다는 꿈을 꾸는 순간, 그곳은 "가깝지도 멀지도 않았다"는 것을 알게 된다. 자기 자신에게 주어진 삶을 사랑하면 되는 것이었음을.

이남섭 시인은 「나에겐 네 개의 산이 있다」는 시를 통해 늘 몸속에 산을 간직하고 품어왔음을 고백한다. 산을 마음속에 간직한다는 것은 넘어야 할 삶의 여러 고비나 역경이 많았다는 것일 수도 있고, 내가 감당해야 할 카르마Karma가 컸다는 것을 의미할 수도 있다. 산을 넘으면 내가 그만큼 성숙해지고 성장한다. 이남섭 시인은 "새해 첫 마음은 어제와 다르지 않다는 걸"
(「첫 마음」) 이미 실천하며 사는 시인이기에 한결같이
"내 돌아가리라, 일월성수日月星宿 살아 숨 쉬는/ 고향
가내의 봄"(「가내의 봄」)을 가꾸고 지키며, "가슴에 박
힌 가시 하나 사랑이었음을/ 알아가는 나이"(「찔레꽃」)
를 맞는다. 그립지만 먼발치에서 기다려 주고, 아프지
만 참아낼 수 있는 의지와 상대가 되어 봄으로써 상대
를 품을 수 있는 마음으로 자신을 사랑했기에 그의 문
장이 슬프면서도 따뜻할 수 있는 것이다. 이남섭 시인
의 시는 자신의 삶이며 사랑이다. 자기 자신을 사랑하
지 못하는 사람은 타인의 고통과 슬픔을 끌어안을 수
도 없다는 신념을 이남섭 시인은 시를 통해 실천하고
있다.

황금알 시인선